食卓一期一会

長田 弘

ハルキ文庫

角川春樹事務所

解説　江國香織
本文画　西　淑

食卓一期一会　目次

台所の人々

お茶の時間

食卓の物語

食事の場面

台所の人々

言葉のダシのとりかた

かつおぶしじゃない。
まず言葉をえらぶ。
太くてよく乾いた言葉をえらぶ。
はじめに言葉の表面の
カビをたわしでさっぱりと落とす。
血合いの黒い部分から、
言葉を正しく削ってゆく。
言葉が透きとおってくるまで削る。
つぎに意味をえらぶ。
厚みのある意味をえらぶ。

鍋に水を入れて強火にかけて、
意味をゆっくりと沈める。
意味を浮きあがらせないようにして
沸騰寸前サッと掬《すく》いとる。
それから削った言葉を入れる。
言葉が鍋のなかで踊りだし、
言葉のアクがぶくぶく浮いてきたら
掬ってすくって捨てる。
鍋が言葉もろともワッと沸きあがってきたら
火を止めて、あとは
黙って言葉を漉《こ》しとるのだ。
言葉の澄んだ奥行きだけがのこるだろう。
それが言葉の一番ダシだ。

言葉の本当の味だ。
だが、まちがえてはいけない。
他人の言葉はダシにはつかえない。
いつでも自分の言葉をつかわねばならない。

包丁のつかいかた

輪切りにする二つに切って
半月に切る
小口に切るはすに切る
拍子木にまた賽《さい》の目に切る
切りあげる切りおとす
切りぬく切りこなす切りちぢめる
切りまぜ切りもどし切りわける
切りさく切りそぐ切りころばかす
あられに切るみじんに切る
薄切りにして重ねて千切りにする

千六本に切る
地紙切りする短冊に切る
切りさばく切りつめる切りほどく
切りはたく切りとどめる
切りとって切りひろげる
切りならし切りそろえ切りくばる
桂《かつら》むきするたづなに切る
ささがきに切る松葉に切る
末ひろに切るいちょうに切る
坊主百人の腹を切る
きりりと切る刃をつけて引いて切る
押さえて切るあっさりと切る
ぱっぱと切るさくさくと切る

ざくっと切るとんとんと切る
よく切れるもので切る
手捌《てさば》きで切ること、そして
たくみに平凡であること

おいしい魚の選びかた

鯛《たい》ならば、生ぐさくないの。
色つやがよく身の太っているの。
できるなら、釣りあげてすぐ
頭の急所に一撃をくわえて殺したの。

烏賊《いか》ならば、全体にまるみがあって
身のかたく締まったの。
目が大きくて高くとびだしたの。
内臓をとりだしてかたちが崩れないの。

ワカサギならば、頭や尾が引き締まって、
腹がしっかりしていてぬめりのないの。
白魚ならば、目が黒ぐろとしているの。
サヨリならばわたやけしていないの。

貝ならば生きて呼吸しているの。
サザエならば、指で殻にさわると
すぐに身を縮め、蓋を閉ざすの。
蛤《はまぐり》ならば、貝を打ち合わせ鋭く鳴るの。

自然に死んだものはくさくてまずい。
生きたままを殺したものがおいしい。
古人は言った、食卓に虚飾はない。

虚飾にわたれば、至味《しみ》を傷つけると。
きみは言った、おいしい魚を食べようと。
手に包丁をもって。

梅干しのつくりかた

きみは梅の実を洗って
いい水にゆったりと漬ける。
苦みをぬいてよく水を切る。
塩をからませて瓶につめる。
押し蓋をして重石《おもし》する。
紙をかぶせ紐《ひも》できっちりとしばる。
冷たくて暗いところにおく。
ときどき瓶をゆすってやって、
あとは静かに休ませてやる。
やがて、きれいに澄んだ水が上がってくるだろう。

きみは瓶の蓋をあけて、
よくよく揉《も》みこんだ赤じその葉に
澄んだ梅酢をそそぐ。
サッと赤くあざやかな色がひろがってくる。
梅の実を赤い梅酢で、
ふたたびひたひたにして重石する。
紙をかぶせ紐できっちりとしばる。
そしてきみは、土用の訪れるのを待つのだ。
雲が切れて暑い日がやってきたら、
梅の実をとりだして笊《ざる》にならべる。
きみは梅に、たっぷりと
三日三晩、陽差《ひざ》しと夜露をあたえる。
梅の実が指にやさしくなるまでだ。

きみの梅干しがぼくのかんがえる詩だ。
詩の言葉は梅干しとおなじ材料でできている。
水と手と、重石とふるい知恵と、
昼と夜と、あざやかな色と、
とても酸っぱい真実で。

ぬかみその漬けかた

米ぬかを蒸す干す炒《い》る
一つかみ天塩をほうりこんだ
水を沸騰させて、よく冷やしてくわえる
みそぐらいの固さにして、それから
昆布、赤唐辛子、ショウガ、魚の頭
古いパンを少し、ビールをちょいという感じ
しっかりした樽《たる》か、瓶に詰める
漬けるものは何だっていい
きみの時間を漬けてみるといいよ
ぬかみそは毎日ってことが大切なんだ

日に一ど手を突っこんで掻《か》きまわすんだ
新鮮な空気がたくさんほしいんだ
風をいっぱいに通してやるんだ
酸っぱくなってきたら、重曹を一つまみ
こころのカケラを二ツ三ツ混ぜてやる
孤独な生きもののように
冷たくて暗いところがぬかみそは好きだ
急いではいけない
ぬかみそを漬けるとわかる
毎日がゆっくりとちがってみえる
手がはっきりとみえる

天丼の食べかた

天丼ってやつはね、と伯父さんはいった。
かならず炊きたてのめしじゃないといけない。
それと、油だね。天丼は、
よほど揚げこんだような油がいい。
新しい油じゃいい色にならない。
ちょいと揚げすぎかなってな感じでね、
明るく揚げる。
肝心なのはつゆで、つゆは
普通の天つゆに味醂《みりん》と醤油《しょうゆ》と
それから黒砂糖をちょっぴりくわえる。

くつくつ煮つめる。
白砂糖じゃないよ、黒砂糖だ。
汁とたれのあいだくらいの濃さに煮つめる。
そして、つゆに天ぷらをつけるんだが、
火からおろしてからじゃない。
弱火にかけたままのつゆにつける。
味をよくしみわたらせて、
天ぷらを熱いめしにのせてつゆをかけたら、
あとちょいと蓋しておいて食べる。
天丼ってやつはね、と伯父さんはいった。
役者でいうと名題《なだい》の食いものじゃない。
馬の足の食いものだったそうだ。
名題の夢なんかいらない。

おれは馬の足に天井でいい。
毎日おなじことをして働いて、
そして死んで、ゆっくり休むさ。
死ぬまで天井の好きだった伯父さん。
伯父さんは尻尾《しっぽ》だけ人生をのこしたりしなかった。

朝食にオムレツを

ピーマンを小さく角切りにした。
トマトも小さく角切りにした。
マッシュルームを薄切りにした。
チーズも小さくコロコロに切った。

ボウルに四コ、卵を割り入れた。
泡だてないように掻きほぐした。
ピーマンとトマトとマッシュルームとチーズと
生クリームと塩と胡椒《こしょう》をくわえた。

厚手のフライパンにサラダ油を注いだ。
熱して十分になじんでから油をあけた。
それから、バターを落として熱しておいて
掻きまぜた卵液を一どに流しこんだ。

中火で手早く掻きまぜた。
六分目くらいに火が通ったら返すのだ。
そのとき、まちがいに気がついた。
きみは二人分のオムレツをつくってしまったのだ。

別れたことは正しいといまも信じている。
ずいぶん考えたすえにそうしたのだ。
だが今朝は、このオムレツを一人で食べねばならない。

正しいということはとてもさびしいことだった。

冷ヤッコを食べながら

両手にいっぱいの土をつかむ。
素焼きの鉢にその土をぎっちりつめて
シソの種子を播《ま》いたのは春さきだった。

それからあとはアッという間だ。
芽がでて茎ができて葉がつくまでには
散々なことをいくらも経験しなきゃならなかった。

日々はふたつの拳をもっていて、右の拳は
予期どおりのものを握っているが、左の拳は予期しないものをしっかと握りしめている。

鉢にシソの葉が繁ってきたころには、
ふたつの拳に殴られて、もうフラフラだった。
毎度のことでべつにおどろく話でもないのだが。

よく育ったシソの葉をつんで細かく切って、
夏の夕ぐれ、ヤッコに切った豆腐にのせる。
冷ヤッコをサカナに旧友たちのことをかんがえる。

暑い日がつづくけれども、元気だろうか？
きみらの鉢のシソは今年もよく繁ったか？
いいことを何か一つくらいは手にしたか？

イワシについて

きれいな切り身というわけにはゆかない。
いつでも弱し賤《いや》しとあだ名されてきた。
出世魚じゃない見かけもよくない。
赤イワシといったら切れない刀のことだ。

海の牧草というと聞こえはいいが、
つまりはマグロカツオサバブリのエサだ。
海が荒れなきゃ膳にはのせない。
風雅の人にはついぞ好かれなかった。

けれども、イワシのことをかんがえると
いつもおもいだすのは一つの言葉。
おかしなことに、思想という言葉。
思想というとおおげさなようだけれども、

ぼくは思想は暮らしのわざだとおもう。
イワシはおおげさな魚じゃないけれども、
日々にイワシの食べかたをつくってきたのは
どうしてどうしてたいした思想だ。

への字の煮干しにしらす干し。
つみれ塩焼き、タタミイワシ無名の傑作。
それから、丸干し目刺し頬どおし。

食えない頭だって信心の足しになるんだ。
おいしいもの、すぐれたものとは何だろう。
思想とはわれらの平凡さをすぐれて活用すること。
きみはきみのイワシを、きみの
思想をきちんと食べて暮らしているか？

かぼちゃの食べかた

よくもまあ言われたものさ。
かぼちゃに目鼻。
かぼちゃ式部とっぴんしゃん。
かぼちゃが嚔《くさめ》したようなやつ。

うすらかぼちゃのとうなす野郎。
ぶらさげようと
ふりまわそうと
かぼちゃ頭には知恵はない。

何は南京とうなすかぼちゃ。
訳もかぼちゃもありゃしない。
こころひねたこと言う
土手かぼちゃ。

どいつもかぼちゃの当り年。
てんで水っぽくてまずくって
貧しいうらなり。
道理でかぼちゃがとうなすだ。

よくもまあ言われたものさ、
悪態ばかり。
つまりは、

かぼちゃがかぼちゃであるためさ。
かぼちゃはかぼちゃだからかぼちゃだ。
かぼちゃはたっぷりと切って煮る。
ほとほとと中火で煮る。
美辞麗句いっさいぬきで。

ときには葉脈標本を

ソースパンに一杯の水、
一つかみの洗剤用ソーダ、
溶けるまで煮る。

それから見わたすかぎりの
秋の景色を集めて入れる。
栗鼠《りす》は必ず逃してやること。

秋が煮立ったら
とりだす、風景を

ゆっくりと掻きおとす。

やわらかな歯ブラシで、
辛抱づよく、視野の
葉肉を削《そ》ぎおとすんだ。
感傷を削ぎおとすんだ。
そうして世界を鋭く明るくする。
手をけっして休めないこと。

ふろふきの食べかた

自分の手で、自分の
一日をつかむ。
新鮮な一日をつかむんだ。
スがはいっていない一日だ。
手にもってゆったりと重い
いい大根のような一日がいい。

それから、確かな包丁で
一日をざっくりと厚く切るんだ。
日の皮はくるりと剝《む》いて、

面とりをして、そして一日の
見えない部分に隠し刃をする。
火通りをよくしてやるんだ。

そうして、深い鍋に放りこむ。
底に夢を敷いておいて、
冷たい水をかぶるくらい差して、
弱火でコトコト煮込んでゆく。
自分の一日をやわらかに
静かに熱く煮込んでゆくんだ。

こころさむい時代だからなあ。
自分の手で、自分の

一日をふろふきにして
熱く香ばしくして食べたいんだ。
熱い器でゆず味噌で
ふうふういって。

戦争がくれなかったもの

戦争にいった一人の男は遺《のこ》さなかった、何も、言葉のほかは。
「食ふことが一番大切だ。軍隊はいかなるところにあつても、
先《ま》づ炊事する人がゐなければならない」

橋。河。青空。長いながい湖沼地帯。月夜。
靴から火花をだして、葬列のようにのろのろと歩いた。
行軍でばたばた落ちた。屍《しかばね》の累々と散らばる美しい丘。

雨。匪賊《ひぞく》をもとめて、見渡すかぎりの麦畑を越えた。
鼻ちぎれた豚。片脚とんだロバ。胴中が二つになった老人。

砲声。多々的敵《タータ―デー》。臭いと埃《ほこり》。石の道。星の下で眠った。
掠奪《りやくだつ》。放火。掃蕩《そうとう》。明日知れぬ命のことはかんがえなかった。
男は誌《しる》した。「水道の蛇口からガブ〳〵水をのみたい。
子どものやうに食べものを食べたい。甘いものが欲しい」
「紅茶。たとひ薄くとも濃すぎても、あゝ何んと甘い湯！
焼きもろこし、麦落雁《らくがん》、栗煎餅、蜜豆、甘納豆、粟《あわ》おこし、
五家宝、磯《いそべ》部煎餅、八ツ橋、大垣の柿羊羹《ようかん》、さくらんぼ、
焼のり、焼塩、舐《な》め味噌、辛子漬、鯛でんぶ、牛肉大和煮、
ビスケット、バタボール、白チョコレート、コーヒーシロップ、
ミルク、マーマレード、タピオカ、クラッカー、レモネード、

紅梅焼、人形焼、人形町のぶつきりあめ屋の飴《あめ》、草餅、
小倉羊羹、砂糖漬けの果物、干菓子、干物類、黒豆」
戦争にいった男の遺した、戦争がくれなかったもののリスト。
撃たれて、死んだ。「痛むから休ませて貰《もら》ふ」といって死んだ。
戦争は、男に何をくれたか。戦争がくれたのはただ一つの自由。
「殺す自由をもつ者は、また殺される自由をもつてゐる」

＊「太田伍長の陣中日記」一九四〇年刊

餅について

冬はおもいきって寒いのがいい。
風はおもいきって冷たいのがいい。
頰は赤く、息は真ッ白な冬がいい。
子どものころ、田舎の冬がそうだった。
空気がするどく澄んでいて、
終日、ぼくは石蹴り遊びに熱中し、
搗《つ》きたての餅が大の好物だった。
じんだ餅。たかど餅。つゆ餅。
のり餅。くるみ餅。なっと餅。
あんころ餅。ねぎ餅。からみ餅。

餅は食べかたである。
つくりかたでさまざまに名が変わる。
つくるとは、名づけること。
おふくろが一つ一つ教えてくれた。
鉄は熱いうち、餅は搗きたて。
冬のおふくろの言葉を
まだおぼえている。

お茶の時間

テーブルの上の胡椒入れ

それはいつでもきみの目のまえにある。
ベーコン・エンド・エッグスとトーストの
きみの朝食のテーブルの上にある。
ちがう、新聞の見出しのなかにじゃない。
混みあう駅の階段をのぼって
きみが急ぐ時間のなかにじゃない。
きみのとりかえしようもない一日のあとの
街角のレストランのテーブルの上にある。
ちがう、思い出やお喋《しゃべ》りのなかにじゃない。
ここではないどこかへの

旅のきれいなパンフレットのなかにじゃない。
それは冷えた缶ビールとポテト・サラダと
音楽と灰皿のあるテーブルの上に、
ひとと一緒にいることをたのしむ
きみの何でもない時間のなかにある。
手をのばせばきみはそれを摑《つか》めただろう。
幸福はとんでもないものじゃない。
それはいつでもきみの目のまえにある。
なにげなくて、ごくありふれたもの。
誰にもみえていて誰もがみていないもの。
たとえば、
テーブルの上の胡椒入《こしょうい》れのように。

何かとしかいえないもの

それは日曜の朝のなかにある。
それは雨の日と月曜日のなかにある。
火曜と水曜と木曜と、そして
金曜の夜と土曜の夜のなかにある。

それは街の人混みの沈黙のなかにある。
悲しみのような疲労のなかにある。
雲と石のあいだの風景のなかにある。
おおきな木のおおきな影のなかにある。

何かとしかいえないものがある。
黙って、一杯の熱いコーヒーを飲みほすんだ。
それから、コーヒーをもう一杯。
それはきっと二杯めのコーヒーのなかにある。

ドーナッツの秘密

ごく簡単なことさ。
牛乳と卵とバターと砂糖と塩、
ベイキング・パウダーとふるった薄力粉、
それから、手のひら一杯の微風、
ボウルに入れて、よく掻《か》きまぜて練る。

指からスッと生地が離れるぐらいがいい。
それがドーナッツのドーで、ドーを
長く使いこんだめん棒で正しくのばす。
粉をふったドーナッツ・カッターで切る。

そして熱い油のプールで静かに泳がせるんだ。
あとはペイパー・タオルで油をきって
きれいな粉砂糖とシナモンをまぶすだけ。
ごく簡単なことさ。
けれども、きみはなぜか知ってるか、
なぜドーナッツは真ン中に穴が開いてるのか？
まだ誰もこたえてない疑問がある、
いつもごく簡単なことの真ン中に。

きみにしかつくれないもの

おおきな窓と、おおきな木の机。

必要な言葉と、好きな音楽。

猫は友達だが、神は知らない。

誇るべき何ももっていないけれど、
人生に欠けているものはないとおもう。

「子どものころ、きみは何になりたかった?」

「わからない」きみは微笑する。

「それから、ただちょっと年をとっただけ」

真実というのは、いつもひどく平凡だ。

ゆっくりとした時間をゆっくり生きる。

それ以上の晴朗さなんてない。
きみはきみにしかつくれないものをつくる。
西瓜《すいか》と「月の光《ムーンシャイン》」さえあればいい。
西瓜に穴あけて「月の光《ムーンシャイン》」をそそぐ。
ただそれだけだ。ただそれだけで
素晴らしいウォーターメロン・ワインを
きみはつくることができるのだ。

ジャムをつくる

イチゴのジャムでもいいし、
黒すぐりのジャムでもいいな。
ニンジンのジャムやリンゴのジャム、
三色スミレのジャムなんかもいいな。

わたしが眠りの森の精だったら、
もちろんネムリグサのジャム。
もし赤ずきんちゃんだったら、
オオカミのジャムをつくりたいな。

だけど、数字の一杯はいった
算数のジャムなんかもいいな。
そしたら算数も好きになるとおもうな。
いろんなジャムをつくれたらいいな。

「わたし」というジャムもつくりたいな。
楽しいことやいやなこと、ぜんぶを
きれいなおろし金できれいにおろして
そして、ハチミツですっかり煮つめて。

クロワッサンのできかた

むかしむかし、あるところに
深い森の奥の、そのまた奥に、
魔女が一人で気ままに暮らしていた。

一人でも淋しくなかった、忙しかったから。
粉をこね、パンを焼く、クッキーを焼く。
終日、ケーキづくりに余念がなかった。

家だってぜんぶ、手づくりのお菓子の家。
床と柱はパンで、煙突はチョコレート、

窓は白砂糖、壁はクッキーでできていた。

森の奥はいい匂いで、いつも一杯だった。
ところが魔女は、いつでも腹ペコだった。
パンは大嫌い。クッキーも、ケーキも大嫌い。

齢《とし》をとったもとったも、石のように齢とった
魔女の大の好物は、何だったとおもう？
子どもだ。とらえて、ぐつぐつ煮て、食べる。

甘いおいしい家で、魔女はじっと待っていた。
いつか子どもたちが森の奥に迷いこんできて、
甘いおいしい匂いに誘われて、扉を叩《たた》くのを、

ところが、待っても待っても、誰もこなかった。
それでも、魔女は毎日粉をこね、パンを焼き、
そうして、どうしようもなく、腹ペコだった。

ある日、空腹のあまり、足元がふらついて、
魔女は転んだ、どッとばかりパン窯《がま》のなかへ。
パタンと窯の戸が閉まった。それでおしまい。

あとにはただ、魔女のかたちのパンだけがのこった。
いつも腹ペコだった、パンつくりの名手の魔女の、
鉤《かぎ》状の鼻のかたちしたパン――クロワッサン。

サンタクロースのハンバーガー

玉葱《たまねぎ》をみじんに切ると、
涙がこぼれた。
挽《ひ》き肉と卵に玉葱と涙をくわえ、
牛乳にひたしたパンを絞ってほぐした。
粘りがでるまでにつよく混ぜあわせる。
できた塊は三ツに分けた。
深いフライパンでじっくりと焼いた。
柔らかなパンを裂いてハンバーグをはさんだ。
これでよし。
それから火酒を一壜《ひとびん》わすれちゃいけない。

世界はひどく寒いのだから。
今夜はどこで一休みできるだろう。
アルバータで一ど、トーキョーで一ど、
ハイファで一どは休めるだろう。
鬚《ひげ》のニコラス老人は立ちあがった。
老人は、まだ
一どもクリスマス・ディナーを食べたことがない。
クリスマスはいつも手製のハンバーガー。
とにかく一晩で世界を廻《まわ》らねばならない。
夜っぴて誰もが夢の配達を待っている。
年に一ど、とはいえきつい仕事である。
夢ってやつは、溜息《ためいき》がでるほど重たいのだ。

ショウガパンの兵士

小麦粉はよくよくふるって、
ジンジャー・パウダーと塩と一緒に
ミキシング・ボウルに入れて、
オートミールと赤砂糖を混ぜておいて、
そして、小さなソースパンにラードを敷いて、
ゴールデン・シロップをたっぷりと注いで、
ほんのすこし牛乳をくわえて火にかけて、
熱く溶かしてミキシング・ボウルに注いで、
さらに卵を割りいれて混ぜあわせて、
四人の兵士のかたちに

生地をつくって、
オーヴンに入れてきっちりと焼くと、
素敵なショウガパンの兵士のできあがりだ。
いやだ、兵士だなんて、と一人がいった。
てんでまちがってる、と一人がいった。
とにかく逃げだすんだ、と一人がいった。
ぼくらを匿《かく》まってくれ、と一人がいった。
もちろんさ、と子どもたちはこたえた。
そして、まんまと大人たちの目を盗み、
四人のショウガパンの脱走兵は姿を消した。
子どもたちの手びきで、
子どもたちの口のなかへ、
もう誰も兵士でなくていい場所へ。

パイのパイのパイ

ある日、つくづくやりきれないものぜんぶ、
深い鍋に入れ、水をひたひたに注ぎ、
気のすむまで、ぐらぐらに煮立てる。
それから、腐乳をぞんぶんにくわえて
さらに気のすむまで、じりじりと煮る。
鼻をつまみたい匂いがしだしたら、
火を止めて、じゅうぶんに振りまぜて、
よく挽いたナツメッグ、茴香《ういきょう》、ジンジャー、
丁子《ちょうじ》、黒コショー、委細かまわずふりかけて
鍋を部屋の外にだし、そのまま放っておく。

気がむいたら、またもってきて火にかけて
うんざりするまで、ぐつぐつと煮立てる。
おもうさま勝手に、鍋をはげしく揺する。
そしたら、用意しておいたペーストのうえに、
用心ぶかく、洗いざらい鍋のものをあけ、
できれば数珠《じゅず》かけバトを一羽生きたまま、
それにカリフラワーやら牡蠣《かき》やら何やら
好きなだけのせて、塩を一つまみ撒《ま》く。
あとは、パイ皮がふくらんでくるまで、
そのままじっと辛抱して待つんだ。
きれいに焼けたら、きれいな大皿に盛る。
一瞬ののち、機敏にきびきびと、
皿ごとヤッとばかり窓の外に拋《ほう》りだす。

まったくあとくされないようにする。
パイのパイのパイのつくりかた、それが
その名も高いエドワード・リア先生の。

キャラメルクリームのつくりかた

用意するもの、
コンデンスミルク一缶と
アガサ・クリスティ一冊。
ミルクの缶は蓋を開けずに
鍋に入れて、かぶるくらい水を差す。
そのまま火にかけて、文庫本をひらく。
こころおどる殺人事件。
アンドーヴァーで最初の殺人。
犯人不明。手掛りはなし。
ベクスヒル海岸で、チャーストンで

謎の殺人が次々とつづく。
第四の殺人のまえに、差し湯する。
湯のなかにかならず
缶が沈んでいるようにする。
ポワロ氏が髭《ひげ》をひねって微笑する。
「誰が何をいうと思う？　ヘイスティングス、
嘘さ。
探偵は嘘によって真実を知るのさ」
急転、事件が解決したら
缶をとりだす。
充分にさましてから開ける。
すると！
缶のコンデンスミルクが

見事なキャラメルクリームに変わっている。
ＡＢＣのビスケットに
キャラメルクリーム。
アガサ伯母さんの味だ。

いい時間のつくりかた

小麦粉とベイキング・パウダーと塩。
よくふるったやつに、バターを切って入れて
指さきで静かによく揉《も》みこむんだ。

それに牛乳を少しずつくわえて、
ナイフで切るようにして混ぜあわせる。
のし板に打ち粉をふって

耳たぶの柔らかさになるまでこねる。
めん棒で平たくして型をぬいて、

そして熱くしておいたオーヴンに入れる。
スコーンは自分の手でつくらなくちゃだめだ。
焼きあがったら、ひと呼吸おいて
指ではがすようにして横ふたつに割る。

割り口にバターとサワークリームをさっとぬる。
好みのジャムで食べる、どんな日にも
お茶の時間に熱いスコーンがあればいい。

一日にいい時間をつくるんだ。
とても単純なことだ。
とても単純なことが、単純にはできない。

パリ＝ブレストのつくりかた

「パリ発ブレスト行」という
ふしぎな名をもつリングシュー。
まずバターと水を鍋に入れて火にかける。
バターが溶けたら薄力粉を練りまぜる。
溶きほぐした卵をなじませながらくわえる。
生地ができたら絞り出し袋につめて、
うすくバターをひいた天板にうまく絞って
レコードのようにおおきな輪をこしらえる。
おおバルバラ、戦争はなんて愚劣だ……
プレヴェールのシャンソンをおもいだす。

戦争に一人の恋人を奪われた若い娘のためのシャンソン……
涙のしずくのアーモンドを、細かく刻んで散らす。
それから、そっくりオーヴンに入れて焼く。
焼きあがったら、輪を横二ツにきれいに切る。
匂いのいいカスタードクリームを
輪のあいだにたっぷりつめて、粉砂糖をふる。
「パリ発ブレスト行」という
ふしぎな名をもつリングシュー。
ブレストはブルターニュ半島の港町。
いつも冷たい雨がふりしきっている暗い町。
雨のなかで黙って抱いた
恋人を、戦争に殺された
バルバラという名の娘はその町に住んでいた。

イタリアの女が教えてくれたこと

ほんとうは黒いパンがいいの。
漂白してない粉でつくった
きめの粗いようなパンがいいわ、
わたしの腕みたいな太いパンが。
パンはざっくりと厚く斜めに切るの。
ところどころに切り込みを入れるのよ。

切ったパンはこんがりと焼くのね。
ニンニクをきれいに半分に切って
切り口をパンにこすりつけて、

それからオリーブ油をすこし垂らすのよ。
塩をさっと振ったら、
いい匂いがしてきてたまらなくなるわ。

歯にパリパリッときて
噛《か》みしめると味がひろがってくる。
パンのみにあらずだなんて
うそよ。
パンをおいしく食べることが文化だわ。
まずパンね、それからわたしはかんがえる。

食べもののなかには

食べもののなかにはね、
世界があるんだ。
一つ一つの食べもののなかに
一つ一つの生きられた国がある。

チョコレートのなかに国があるし、
パンにはパンの種類だけの国がある。
真っ赤なビートのスープのなかには
真っ赤に血を流した国がある。

味があって匂いがあって、物語がある。
それが世界なので、世界は
食べものでできていて、そこには
胃の腑《ふ》をもった人びとが住んでるんだ。

テーブルのうえに世界があるんだ。
やたらと線のひかれた地図のなかにじゃない。
きみたちはきょう何を食べましたか？
どこへどんな旅をしましたか？

コトバの揚げかた

じぶんのコトバであること。
手羽肉、腿《もも》肉、胸肉の
骨付きコトバであること。
まず関節の内がわに
サッと包丁を入れる。
いらない脂肪を殺《そ》ぎおとす。
皮と皮のあいだを開く。
厚い紙袋に
小麦粉とコトバを入れて
ガサガサと振る。

そして深い鍋にほうりこむ。
油を沸騰させておいて
じゅうぶんに火をとおす。
カラッと揚げることが
コトバは肝心なんだ。
食うべき詩は
出来あいじゃ食えない。
コトバはてめえの食いものだもの。
Kentucky Fried Poem じゃあ
オ歯にあわない。
どうでもいいものじゃない。
コトバは口福でなくちゃいけない。

ハッシュド・ブラウン・ポテト

ありふれた町の通りすがりのカフェがいい。
朝の光りが古いテーブルを清潔にしている。
ともあれ熱いコーヒーと一本の煙草。
身一つ、地図と車の鍵、地平線を追いかけるんだ。
ウィリーとウェイロンの歌が聴こえるカフェがいい。
こんがりと焼いた塩づけの豚肉がほしいんだ。
たっぷり自慢のグレイヴィーをかけたやつ。
それと、もちろんハッシュド・ブラウン・ポテト。
ポテトがとてもよく細かく刻んであって、
きれいな焦げ目がついていて、たがいにくっついててポテトがカリッと口に明るいようなやつ。
夜のうちにポテトを洗って鍋に入れて、
かぶるくらいの水、匙《さじ》一杯の塩で火にかける。
すこし固めに茹《ゆ》でて、火から下ろして水を切る。
熱いうちにすぐ皮をむいてしまうんだ。
もう一ど鍋に入れて、蓋をして、涼しいところで
寝かせてやる。朝に、賽《さい》の目に切る。
ベーコンのいため脂で炒めるのが、コツだ。
ハッシュド・ブラウン・ポテトで占うのさ。
すばらしい味だったら、すばらしい一日になる。
アメリカの朝には、ジーンズと微笑が似あう。
ハローという単純な挨拶が、すべてだ。

ジャンバラヤのつくりかた

包丁じゃない。鋭いナイフで、
タマネギとニンニクをめったに切る。
でかいフライパンできちんと炒める。
日なたの匂いのするような植物油で。
懐しいハンク・ウィリアムズを聴きながら。

パリパリのピーマンを賽の目に切る。
赤いトマトは皮を剝《む》いてみじんに切る。
胡椒、タイム、丁子、ひんやりとした水、
フライパンに投げいれてどっとばかり煮る。

懐しいハンク・ウィリアムズを聴きながら。

煮たったら、洗って笊《ざる》にあげておいた米、
一センチ角に切ったとびきりのハムを放りこむ。
今度はくつくつ弱火で煮込んでゆく。
それがジャンバラヤで、淋しいときは淋しさを
鋭いナイフでめったに切って、ジャンバラヤをつくる。

ザリガニのパイとヒレ肉のスープ。
砂糖づけの果物壺《つぼ》を一杯にして、
人生は陽気にやらなくちゃいけない、と
ギターを心臓のように抱えて歌って死んだ
懐しいハンク・ウィリアムズを聴きながら。

アップルバターのつくりかた

コーヒー袋に穴あけた服を着た。
帽子のかわりに鍋をかぶった。
林檎《りんご》の種子を袋につめて肩にかついだ。
ジョニー・アップルシードは、
遠くまで一人ではだしで旅をした。
とても静かな男だった。
日々の食事は粗末なパン。
あとはアップルバターがあればよかった。
ジョニー・アップルシードのバターをつくろう。
いい林檎をまず絞る。

うまいアップルサイダーをつくる。
深い鍋にたっぷりと注ぐ。
火にかけてしっかりと煮つめてゆく。
林檎を四ツに切って、芯をとって
鍋に沈めて、さらに煮つめる。
すっかりやわらかくなったらきれいに漉《こ》して、
トロ火でゆっくり、
ゆっくりと煮つめてゆく。
それでいい。
それがジョニー・アップルシードのバターで、
林檎の木をアメリカに
植えてあるいた静かな男は
チョクトー・インディアンの娘を恋し、

アップルバターでトウモロコシのパンを食べ、
空の下で祈り、
ある日、インディアナ州の
一本の林檎の木の下で死んだ。
夢を大地に植えて、
ひとは林檎の木の下に死すべきもの。
アップルのAがアメリカのA。

メイプルシロップのつくりかた

冬の終わり、春のくるまえ、森へはいるのさ。
で、森のカエデの一本一本に、新しい傷をつける。
樹々の傷口から、新しい樹液が滴ってくる。
バケツ一杯にあふれるまで、そいつを溜める。
森は静かで暗い。空気がキリリと澄んでる。
闇をめぐって、バケツの樹液を手桶《ておけ》に集め、
しじまをぬけて、森の小屋まで運ぶんだ。
竈《かまど》の下に丸太を積んで、赤々と燃やす。
でっけえ平鍋にひたひたに樹液を注ぐ。
夜どおし炎をみつめて、ゆっくり煮つめるんだ。

やがて森いっぱいに、いい香りがひろがってくる。
言葉はいらねえ。香りを存分にたのしむ。
煮つまったカエデの蜜をひしゃくで掬《すく》い、
雪だまりで冷やして、咽喉《のど》にころがすと、
びっくりするほどこころがきれいになったね。
カエデの蜜は、樹のいのちを煮つめるんだ。
冬と春のゆきかう風の味がなくちゃならねえ。
それがメイプルシロップのほんとうのつくりかたで、
その何ともいえねえ森の味の秘密は、こうだ。
樹液がバケツに滴りおちるとき、水も滴る。
枯葉も幾枚か、きっとバケツに舞いおちる。
甘い匂いにさそわれて、蛾《が》だって飛びこむ。
野ねずみだって、おびきよせられてきて、溺れる。

そうさね、メイプルシロップ一ガロンにして、
水一クォート、蛾一つかみ、ねずみの死骸二コ、
それから、ねずみのくそ数ミリグラム。
ざっとそれぐらい一緒に煮つめてはじめて、
ほんとうのメイプルシロップの森の味になる。
いまじゃきれいさっぱりわすれられちまったが、
昨日みてえに、ついほんのちょっと昔のはなしさ。
メイプルシロップがメイプルシロップだったころの、
すばらしいまともさが、まだ日の糧だったころの。

＊ガルブレイス「スコッチ気質」

食卓の物語

ユッケジャンの食べかた

悲しいときは、熱いスープをつくる。
胸肉、カルビ、胃壁、小腸。
牛モツをきれいに洗って、
水をいっぱい入れた大鍋に放りこむ。
ゆっくりくつくつと煮てスープをとる。
肉が柔らかくなったらとりだして
指でちぎる。
それから葱《ねぎ》のみじん、大蒜《にんにく》のみじん、
唐辛しみそに唐辛し粉、胡椒《こしょう》、
ゴマ、炒《い》りゴマ、醬油《しょうゆ》を混ぜて

しっかりからませてからスープにもどす。
おおきめにぶつ切りした葱を放りこむ。
強火でどっとばかり煮立てる。
溶き卵を入れ、固まるまえに火を止める。
ユッケジャン、大好きなスープだ。
スープには無駄がない。
生活には隙間がない。
「悲しい」なんて言葉は信じないんだ。
悲しいときは、額に汗して
黙って涙をながしながら
きりっと辛いスープを深い丼ですする。
チョータ！　芯から身体があたたまってくる。

ピーナッツスープのつくりかた

何はともあれ、
生のピーナッツどっさり。
湯にとおして一つひとつ皮をむく。
大鍋に水をたっぷりと入れる。
むいたピーナッツをざくっと沈める。
トロ火にかける。
ゆっくり、ゆっくりと煮る。
やがて沸騰してきたら水を差し、
もう一どよくよく沸騰させる。
こんどは煮汁をこぼして、

灰汁《あく》をちゃんととる。
きれいな水をたっぷりと入れる。
煮とかしながら砂糖をくわえ、
ピーナッツがとろけてくるまで
ゆっくり、ゆっくりと煮る。
手間をおしまず
単純であること。
大層な言葉はいらない。
われらにひつようなのは、
大鍋一杯の長生果のスープと、
すばらしく単純な挨拶。
請吃甜《チンツテイエン》！
甘いものをください。

ガドガドという名のサラダ

ピーナッツ、かるく炒ってきざむ。
すり鉢でよくよく擂《す》りつぶす。
大蒜ショーガ玉葱《たまねぎ》、みじんに切る。
黒砂糖赤トーガラシ黒コショー、
白コショーシナモン
サンバルコリアンダー。
からからに乾した小エビの塩辛。
搾ったレモン汁、塩もくわえる。
とろみがでるまで一煮立ちする。
できたピーナッツソースは冷やす。

それからキャベツ隠元ホーレン草、
人参《にんじん》キューリ小松菜もやし、
ジャガイモ豆腐の生揚げだってもいい。
取りあわせてざっと茹《ゆ》でる。
皿一つにゆったりと盛りあわす。
あとはただ、たっぷりと
ピーナッツソースをかけて食べるだけ。
ごたまぜで手がこんでいて、
すべからく簡素だ。
そういうものじゃないだろうか。
人生はサラダだ。
ガドガドという名のサラダである。

カレーのつくりかた

そうしなければいけないというんじゃない。
そうときまっているわけじゃない。
掟《おきて》じゃなくて、味は知恵だ。
こうしたほうがずっといい、それだけだ。
さて、殻つきのカルダモンとコリアンダーを
手のひらに一杯、それから
黒コショーとクミンを大さじ一杯、
クローヴを丸のまま一つまみ、
シナモンは棒で三本、それらの
スパイスをかさならぬようにひろげて

フライパンでかるく炒る。
全体がカリンとしてきたら、火を止める。
強火で焦がしちゃ絶対にいけない。
カルダモンの殻をていねいにむく。
それから、ぜんぶのスパイスを一緒にして
すり鉢でゆっくり細かく擂りつぶす。
ターメリックの目のさめる黄色をくわえる。
サフランをくわえ、赤トーガラシで
辛味をつけて、さあカレー粉のできあがりだ。
香ばしい匂いがサッとひろがってくると、
いつだってなぜだかうれしくなる。
人生「なぜ」と坐《すわ》ってかんがえるのもいいが、
知恵ってやつは「なぜ」だけでは解けない。

本質をたのしむ、それが知恵だ。
きみを椅子からとびあがらせる
とびきりのカレーをつくってあげるよ。
秘訣《ひけつ》はジンジャー・パウダーを混ぜること。
するどい後味がじわじわと効いてくる。

シャシリックのつくりかた

まず、きみの
新鮮な心臓が
ひつようだ、
何よりきみの料理には。

冷たい水で
心臓は揉《も》むようにして
洗うのがコツだ。
臭味を消すんだ。

きれいな心臓を
いい包丁で二ツ割にする。
玉葱の皮を剝《む》いて切る。
そして、鋭く細い鉄串に
しっかりと刺すんだ。
心臓と玉葱は
たがいちがいにする。
小麦粉をまぶす。

そうやってきみは美味にしなくちゃいけない
きみの心臓を、
熱く煮えたった揚げ油の

大鍋に沈めて。

パン・デ・ロス・ムエルトス

死者たちの日には
死者のパンをささげる。
大腿骨《だいたいこつ》を象《かたど》ったパンを二本
斜め十字に組みあわせ、
目から大粒の涙を一しずく
零《こぼ》しているガイコツのパン。
パン・デ・ロス・ムエルトス。

大小さまざま、ピンクと白の
粉砂糖をまぶしたかわいらしい
ガイコツたちの菓子パンを手に、

ローソクをともし、人びとは歌を
うたいながら、街の墓地へゆく。

墓地にはマリアッチが陽気に
鳴りひびき、周囲にはガイコツ芝居、

ガイコツ・ダンスが小屋掛けし、
深夜まで、誰だってもが馬鹿さわぎ。

ガイコツたちとともに徒し世《あだしよ》を
騒ぎたのしみ、たのしみながら、
メヒコ、十一月二日夜、人びとは
死者のパンをささげる、
生けるものらのもっとも親しい
仲間である死者たちに。

テキーラの飲みかた

レモンを半分に切る。
そいつを左手にしっかり握る。
握った指のつけねに塩をのせる。
右手にはもちろんテキーラの杯だ。
まずレモンを口にぐいと絞る。
言葉でさんざんよごれた
きみの口のなかを明るくしてやるんだ。
それから、空を仰いで
サッと塩を口に放りこむ。
一瞬、テキーラを口に投げいれる。

まっすぐに投げいれるんだ。
火掻《ひか》き棒みたいに
咽喉《のど》にまっすぐに通すんだ。
それがテキーラの飲みかたで、
むやみに嘆息して
空を仰ぐばかりなんて愚だ。
空を仰いできりりとテキーラをやる。
アミーゴ、アミーゴ
今日を嘆息してどうなるものか。
アスタ・マニャーナ！
（絶望は明日してもおそくない）

トルコ・コーヒーの沸かしかた

コーヒーは強く炒って
できるだけ細かくくだいて
一人ぶん、分量ぶんの水を沸かして
砂糖をくわえてさらに沸かして
コーヒーをくわえてもう一ど沸かして
そうしてぶくぶく泡だってきたら
最初の泡をまずカップに注いで
コーヒーをふたたび火にかけて
泡だてて泡をまたカップに注いで
泡がカップに一杯になるまで

繰りかえし繰りかえして
それから、火をとめて
古い木の椅子にゆっくりとすわる。
「死ぬまえにコーヒーをくれ」
銃殺された砂漠の革命家の言った言葉をおもいだす。
「コーヒーを沸かす間も待てないだろう、
急ぐひと絶望するひとは。
ぼくは絶望しないし、急がない」
一杯のコーヒーの熱いかおりが好きだ、
濃いトルコ・コーヒーの。

ギリシアの四つの言葉

ケフィ、意気ある活力を意味する言葉。
興のおもむくまま行動し、運は天にまかす。
イチかバチか、やってみて後悔しない。
手痛い目にあったらいう、こんちきしょう。
そしてまた、明日は明日のケフィでやりなおす。

パリカリ、闘士・戦士を意味する言葉。
ただし、あくまでも陽気でなくちゃいけない。
憂鬱な世をいまさらに憂鬱にしたくない。
パリカリは逆境にあってわらえる人だ。

一緒にいると、ふしぎに気分が引きたってくる。
ライキ・アゴラ、民衆の市、すなわち朝市。
新鮮でいびつな野菜、果物、羊乳チーズ、豚の足。
肉と魚、赤黄白緑むらさきの花ばな、物売りの声。
古代の裸足《はだし》の哲学者が対話術をくりひろげた
思想のふるさとは、騒がしい雑踏だ。

ドルマダキア、ブドーの葉で包む米と肉の料理。
月桂樹《げっけいじゅ》の葉っぱを一枚かならず入れる。
オリーヴ油とレモン汁はもちろんのこと。
それから大皿をかこんで、大勢でワッとやる。
酒はウゾ、満月の夜は、真夜中だって宵の口。

ミキスとメリナの街。セフェリスとリツォスの
島々。青く低い空と白い家。永遠だって
一瞬にすぎないんだ。星座を
屋根とする国。

アイスバインのつくりかた

どかっとした
豚のすね肉のかたまり。
めったとキリで刺し、
よくよく塩をもみこむ。
木樽いっぱいに塩水をみたす。
樽に小さなジャガイモを落とす。
沈むようなら塩が薄すぎる。
浮いてくるくらいの濃さにする。
樽にすね肉をどっとほうりこむ。
落し蓋して重石《おもし》する。

そして七日七晩、何もしない。
アイスバインをつくるのはきみじゃない。
時間という頑固な手垂れの料理人《シエフ》だ。
八日めの夕暮れがきたら、
肉のかたまりをとりだす。
ぐらぐらの湯でサッと煮る。
ひたひたの水に入れて
月桂樹の葉、唐辛し、クローヴ少々。
時間という古い才能にきみはたすけられて、
火をつけて、
あとは一刻あまりコトコト煮るだけ。
アイスバインのレシピは、こうだ。
時間という料理人《シエフ》を、きみはよく

親しい友人となしうるか。

卵のトマトソース煮のつくりかた

日暮れたら、
トマトの皮をむこう。
トマトは乱切りに、玉葱を薄切りに。
厚手鍋で、オリーヴ油を熱くする。
玉葱を炒めて切ったトマトをくわえる。
塩と胡椒とトマトピューレーをくわえる。
バジリコの葉っぱもくわえる。
弱火で煮込む。
トマトソースはミケランジェロより偉大だ。
それなしで長靴の国の歴史はなかった。

すぐれたものはありふれたものだ。
黙って、卵を一コずつ割り落とす。
ほんのすこしのあいだ煮込む。
ねえ、古いテーブルに
新しいテーブル掛けを掛けてくれないか。
「疲れた」ではじまる話はよそう。
ぼくらの一日にひつようなのは
お喋《しゃべ》りじゃない。
ミケランジェロの注意を忘れてはいけない、
語るなら、
声低く語ること。

絶望のスパゲッティ

冷蔵庫のドアを開けて、
一コの希望もみつからないような日には
ピーマンをフライパンで焼く。
焼け焦げができたら、水で冷やして
皮をむき、種子をとる。
トマトを湯むきし、乾燥キノコも
水に浸けてもどし、20粒ほどの
オリーヴの種子をていねいにぬいて、
それらぜんぶとアンチョビーとケーパー、
パセリをすばらしく細かく刻む。

玉葱、大蒜、サルビアも刻む。
もうだめだというくらい切り刻む。
それからじっくりと弱火で炒める。
火をとめて、あら熱がとれたら
パルメザンチーズをたっぷりと振る。
しゃきッと茹でた熱いままの
スパゲッティにかけてよく混ぜあわせる。
スパゲッティ・ディスペラート。
絶望のスパゲッティと、
イタリア人たちはそうよぶらしい。
どこにも一コの希望もみつからない
平凡な一日をなぐさめてくれる
すばらしい絶望。

パエリャ讃

パエリャは何はともあれ鍋である
いい鍋でなければならないのである
浅くて平らな底の厚い鍋である
母の腰のようにしっかりとした鍋である
神様よりも大事なのが鍋である

すべてを鍋にほうりこむのである
笹身《ささみ》白身である蛤《はまぐり》 エビカニである
ピーマンアスパラガストマトである
オリーヴ油であるレモンニンニクである

肉魚野菜何よろずなのである
もちろん米であるムール貝である
それから、決め手はサフランである
それらぜんぶを金色に炊きこむのである
米は洗わない鍋はふたしないのである
ゆっくりと急いで炊きこむのである

いい仲間と争って食べるのである
黙々とでなくがやがやと食べたいのである
顎がつかれるまで食べたいのである
鍋は日々のフィエスタである
純粋でなく雑多をおもいきって愛するのである

ブイヤベース・ア・ラ・マルセイエーズ

港の魚なら何だっていい、たくさんの
魚がいい、青魚をいろいろいれたい。
それとアサリとエビと立派なハサミをもった蟹《かに》。

ブイヤベースでたいせつなのは、味と香りだ。
オリーヴ油と白ブドー酒にトマト・ピューレーを少し。
葱、大蒜、パセリの軸、月桂樹の葉、タイムと胡椒。
大さじ一杯に丘の上のノートル・ダム寺院。
それから、夜のパヴィヨン街のさんざめく味。

ミストラル、冷たく乾いたリオン湾の風。

ピエモンテ人とコルシカ人とカタロニア人と
アルジェリア人の汗、一さじのサフランを忘れちゃだめだ。
できれば機関銃の音、モンタンの唄もね。

それら全部を放りこんで長くゆっくりと煮る。
さまざまな味がぶつかって混ざって一緒になって
鍋と火が共和国の歌《ラ・マルセイエーズ》をうたいだすまでだ。

ブドー酒の日々

ブドー酒はねむる。
ねむりにねむる。

一千日がきて去って、
朱夏もまたきて去るけれども、
ブドー酒はねむる。
壜《びん》のなかに日のかたち、
年のなかに自分の時代、

もちこたえてねむる。
何のためでもなく、
ローソクとわずかな
われらの日々の食事のためだ。
ハイホー
ブドー酒はねむる。
われらはただ一本の空壜をのこすだけ。

ポトフのつくりかた

深い鍋に、ひたひたの水。
凧糸《たこいと》でくくった牛のスネ肉。
それと、スネ骨を二本ほど。
中火でしっかりと、くつくつと煮る。
ニンジン、カブ、大ぶりのポロネギ。
玉葱とセロリ、月桂樹の葉っぱ。
できることなら、メランコリー一束。
大蒜、塩、胡椒、タイムもちょっぴり。
明るい色したブイヨンに沈めて、
穏やかに、さらにことことと煮る。

好きな唄を聴いていてもいいし、たとえば
人生の水曜日についてかんがえてもいい。
もし水曜日という日がなかったなら、
誰の人生も、週の真ン中にあいた
深い穴に墜《お》ちこんでしまうだろう。
壁の時計の長針が、四回廻る。
じゃがいもを丸のまま、ごろんと入れる。
さらに、ことこと煮つづける。
ポトフは、特別な料理じゃない。
激しい沸騰を一時にもとめちゃいけない。
きみはきみの一日を
正しくつかわねばならない。
一日を、一日として。

十八世紀の哲学者が言った

「ぼくらは大理石の食べかたを知らなくちゃいけない。
まず大理石の石像を一コ、石臼《いしうす》に放りこむ。
大通りの偉そうな石像をちょいと失敬してきてさ。
そしてハンマーで、がんがん木ッ端みじんに砕く。
石塊《いしくれ》が細かくやわらかな粉末になるまで砕く。
それから大理石の粉末を、腐蝕土《ふしよくど》によく混ぜる。
よくよく練って水をくわえ、一年でも二年でも
一世紀でも放っといて、十分にくさらせておく。
時間をあれこれ、おもいわずらうのはよしたまえ。
全体が等質となり、完璧な腐蝕土になったら、

エンドウ、そら豆、キャベツ、豆科植物の種子を
そこに播《ま》くんだ。植物はこの土壌によって養われ、
その植物によってぼくらは養われるのだ。大理石から
腐蝕土へ、腐蝕土から植物へ、植物から動物へ、
そして肉すなわち魂へ、静止的な感性から
能動的な感性をつくりだす。ぼくらの営みは、
大理石を食べられるようにするということなんだ」
刃物屋の息子にして、百科全書の編集者、
街の公園のベンチをこよなく愛した男は言った。
「あたりまえのことを適切に。
適切なことをあたりまえに」
ディドロという名の十八世紀の哲学者はそう言った。

＊ディドロ「ダランベールの夢」

A POOR AUTHOR'S PUDDING

一リットルの牛乳に、細かく削ったレモンの皮、
コーヒー・カップに一杯ぶんの砂糖、
ちょっぴり粗塩をくわえて、火であたためる。
ミキシング・ボウルに注いで、冷ます。
よく溶きまぜた卵三コをくわえて掻きまぜて、
パイ皿にたっぷりと引きのばす。
そして、ミルトンの言葉を一滴、垂らす。
「すべてのものが強制されるよりは
おおくのものが寛容されることのほうが
疑いもなくより健全で、より慎重だ」

「不平をもらす者が誰もいないなどという自由を
わたしはけっして信じない」
パン横丁という名の裏通りが、ロンドンにある。
その街で生まれた詩人が後世にのこした言葉。
熱くした包丁で、パンを薄くきれいに切りわける。
耳を切り、バターを両面にぬって、かぶせる。
隙間なく覆って、オーヴンで焼きあげる。
イングランドの古い料理の本で、
「徒手空拳の物書きのプディング」のつくりかたを
ぼくははじめておぼえたのだった。
『エリザ・アクトン夫人の料理の本』
一八四五年初版、ぼくらの国で
戦後とよばれた時代がはじまった

そのほんの百年まえに書かれた料理の本で。
プディングの味は、
じぶんで食べてみなければわからないのだ。

チャンプの食べかた

ポテトは皮をむいて鍋に入れて
ひたひたの水で塩一つまみこぼして茹でる。
芯までやわらかくなったら、湯は捨てて
熱いミルクを注いで、塩、胡椒をくわえて、
しっかりした木のスプーンで擂りつぶす。
そうして、あつあつのマッシュド・ポテトに
みじんに切った新玉葱を混ぜあわせるんだ。
それだけだ、あとは
めいめいが自由に、皿に好きなだけ
丘のように、マッシュド・ポテトを盛りあげる。

スプーンをシャベルにして
丘のてっぺんに墓穴を掘って、
切りとったバターを棺のように埋める。
バターがゆっくりと溶けてゆくだろう。
それから、フォークを鋤《すき》にして
マッシュド・ポテトの丘をくずしながら
溶けたバターにひたして食べる。
それがチャンプで、アイルランドの
人びとが日々にながくまもってきた
ポテトの食べかたなんだ。
一八四六年アイルランドのポテト全滅。
飢饉《ききん》がはげしく襲いかかって、
人びとは飢え、荒涼と死んでいった。

チャンプは六十万の人びとの死の思い出。
食べかたには人びとの生きかたがある。
食べるとは、死者の土地を耕して食べることだよ。

WINE

食事の場面

ラ・マンチャの二人の男

荒野を旅する二人の男、痩せっぽと太っちょ。
痩せっぽは大男、駄馬という名のラバに乗っていた。
太っちょは小男、名なしという名のロバを曳《ひ》いていた。
わが友よ、と痩せっぽが太っちょに言った。

われらの旅は大いなる旅でなければならぬ。
われらがつとめは、世にありとある
窮乏せる人びとの救助に馳《は》せ参ずること。
大いなる冒険をもとめて敵をたおさねばならぬ。

荒野を旅する二人の男、痩せっぽと太っちょ。
痩せっぽは人も知るラ・マンチャのドン・キホーテ
またの名を憂い顔の騎士、そのよき従士は
裏表いつわりなしのサンチョ・パンサ、太っちょだ。

太っちょが言った、いまさら敵のひつようはねえだ。
水差しが石に当たっても、石が水差しに当たっても
ひどい目をみるのはいつだって水差し。
敵より冒険よりひつようなのは、まず食事でサ。

荒野を旅する二人の男、痩せっぽと太っちょ。
食事ったって荒野のまんなか、食べるものとて
パンひとかけ、玉葱《たまねぎ》すこし、巨人の頭だっても

叩《たた》き割れそうな固いチーズの欠けっぱし。

太っちょは言った、何にもまして食事の馳走《ちそう》は
世辞ぬき作法ぬき、自由ってことでさあ。
吹いてくる風、それにパンと玉葱さえありゃ
この世で一番おいしいソースは、空《すき》ッ腹《ぱら》。

荒野を旅する二人の男、痩せっぽと太っちょ。
さあゆこう、と痩せっぽが太っちょに言った。
さはれ大いなる敵、大いなる冒険をもとめて、
そんなにも急いで、いったいどこへ？

＊セルバンテス「ドン・キホーテ」

ミスター・ロビンソン

怒れる海を逃れて、夜の浜辺に一人たどりついた。
ここがどこで次にどうするか、くよくよしなかった。
死なねばならないなら、死ぬことは明日かんがえる。
木にのぼって、ナイフを抱いて、ロビンソンは眠った。

朝、凪《な》いだ海にかたむいて沈んでゆく船をみた。
仲間の姿はなかった、運ぶべきものを黙々と運んだ。
ビスケット、パンとチーズ、乾燥肉とラム酒と穀物、
火薬、道具一式、いやしくも一人の二本の手で運べるすべて。

人の住まない島だった、森では鳥がギャーギャー啼《な》いた。
無為にして、ただ貯えによって、生きてはゆかれない。
手を動かすことをしなければ、食いつぶすしかできない。
ロビンソンはまなんだ、工夫すること身を使いこなすこと。

魚を食べるには、釣針と釣糸をつくらねばならなかった。
スープをつくるために、土をこねて土鍋を焼いた。
パンを焼くために畑をつくり、大麦を正しく播《ま》いた。
食事するために鋸をひき、テーブルと椅子をつくった。

山では仔山羊《こやぎ》をつかまえて、火の両側に棒を立てて、
横棒をわたして紐《ひも》で吊《つ》り、ぐるぐる廻《まわ》して炙《あぶ》った。
浜で青海亀をつかまえた、卵を六十コ抱いていた。

亀の卵は灰のなかで焼き、殻つきのまま食べるのだ。

ある朝、飼いならした鸚鵡《おうむ》が、けたたましく三ど叫んだ。
哀れなロビンソン・クルーソー、おまえはどこにいるのだ？
哀れなロビンソン・クルーソー、おまえはどこにいたのだ？
哀れなロビンソン・クルーソー、どうしてここにきたのだ？

悲しみは食べられないよ、とロビンソンは鸚鵡に言った。
孤独な島の孤独な日々だって、ただ毎日にすぎない。
悔むことは、葡萄酒《ぶどうしゅ》の樽《たる》とビールがつくれなかったこと。
「なんじ、何ぞ我をかく作りしや」とは祈らなかった。

＊デフォー「ロビンソン・クルーソーの生涯と冒険」

ダルタニャンと仲間たち

パリの路上を、四人の銃士が連れだってゆく。
アトス、ポルトス、アラミス、ダルタニャン。
一騒ぎおこしては、街角をサッとずらかる。
果たしあいと謀《はか》りごとが、かれらの稼業だった。

宮廷おかかえの腕達者、天下御免の伊達《だて》者だ。
肩で風切り、対する敵はかならず剣先に倒した。
敵がいなけりゃ、どうでも敵をつくりだす。
国王の制服に、四人は飢えた心をつつんでいた。

血なまぐさい風吹く時代、のぞみは
図々しく切りぬける幸運を手に入れることだった。
恋と名誉に不足はないが、懐ろは空っぽだった。
借金の山は、機智と口説をめぐらして踏みたおす。

いつも空っ腹をかかえて、ご馳走を夢みていた。
朝食にはチョコレート。ブドー酒はボージャンシー。
朝鮮アザミ。骨の髄で味をつけた仔牛の肉。
旨《うま》い食事にありつけるなら、どこへでも出掛けた。

脂肉をつめたウサギ。太ったニワトリ。ニンニクで
味つけをした羊の腿《もも》肉。むっちりとしたソーセージ。
それからブルゴーニュの極上を、うんと冷やして一ダース。

四人の若者はそら豆とホーレン草が大きらいだった。

戦争だって、食事のあいまの出来事にすぎない。
あ、た、か、ある、あ、るだ、ろ、う。人生はその三語にすぎない。
鞭《むち》を手に、国王はいつもそっと銃士たちに囁《ささや》いた。
「どうだ、わたしといっしょに退屈してみないかね?」

四人の若者が生きたのは、と物語作者は書いている。
自尊心がついぞ重んじられなかった時代だったと。
陽気で豪気な四人の若者が知らなかったのは、
コーヒーの味、市民という言葉、大革命、だった。

*大デュマ「三銃士」

孤独な散歩者の食事

街の通りを歩いてゆくと、コーヒーの香りがしてきた。
コーヒーの香りが好きだ、と老人は言った。家の階段で
誰かがコーヒーを炒《い》っていると、隣人たちは扉を閉める。
けれども、わたしは部屋の扉をおおきく開けるんだ。

笑うと目がかくれてしまうほど、目じりに無数のひだ。
額には深い悲しみ。ひとは自由なものとして生まれた。
しかもいたるところで鎖につながれている。なぜだ？
「なぜ」を口にしたばかりに生涯にくまれて老いた男だ。

朝五時に起きる。写譜の仕事をつづける。散歩にでる。
日光を愛し、雨を怖れた。帽子をけっしてかぶらなかった。
老人ののぞんだのは、そこで一生を終えるつもりの場所で、
翌朝は出立するはずの宿にいるような暮らしだった。

質素だった。何でも食べたが、アスパラガスだけは
けっして口にしなかった。膀胱《ぼうこう》をわるくすると信じていた。
やわらかな大粒のソラマメが好物だ。上等のものを
ちょっぴりよりも、ふつうのものをたっぷり味わうことを好んだ。

ひとの自由は、欲するところを行うことにあるのではない。
それは、欲しないことはけっして行わないことにあるのだ。
わたしは哲学者じゃない。ただ一コの善人でありたい。

それ以外の何者になろうともおもわない、と老人は言った。

夕食にブドー酒を一壜《ひとびん》あけ、ジュネーヴのチーズを愛し、
アイスクリームとコーヒーを、唯一の贅沢《ぜいたく》なたのしみとした。
この世の欺瞞《ぎまん》や裏切りをにくんだ正しい魂をもつ友人を
一人もみつけられなかったが、後悔しないと老人は言った。

ひとの不治の病いをなおせるのは、緑の野だけとも言った。
老人は、じぶんの死亡記事を新聞で読んでから、死んだ。
「ジャン＝ジャック・ルソー氏は道でころんだ結果、死んだ。
氏は貧しく生き、みじめな死にかたをした」

＊ルソー「孤独な散歩者の夢想」、サン＝ピエール「晩年のルソー」

少年と蟹

日々用いられる、欠くべからざるものはきれいだ。
鋤《すき》。耙《まぐわ》。馬車。手押車。臭い肥料さえも、
正しくていねいに、生き生きとその場所を占めていた。
畑の緑。木の花の白。四方八方、風景の自由さ。

ウィルヘルムはサクラソウを、夢中で摘みあつめた。
伯母さんはそれで、おいしい飲みものをつくるのだ。
春の匂いがした。村の子どもたちが、仲間にくわわった。
甲虫。アネモネの草むら。森や、藪《やぶ》をぬけてゆく径《みち》。

いっしょに河にゆこう。年かさの漁師の息子が言った。
立派な蟹《かに》のいる秘密の場所を知っているんだ。
服をぬいだ少年の肢体は、おどろくほどうつくしかった。
正午の日光のなかで、永遠の友情にあたいするものを、

はじめてみつけたとおもった。夕方、森で会おう。
けれども漁師の息子は、約束をまもらなかった。
村の家々から、女たちが叫びながら走っていった。
子どもたちが河に溺れた！　溺れて、死んだ！

溺れた子どもたちの手を摑《つか》んで放すまいとして、
漁師の息子もまた、河の深みに引きずりこまれたのだ。
死んでもまだ、真珠のような歯をくいしばっていた。

たくさんのみごとな蟹が、少年ののこしたすべてだ。

雑然と活発にうごきまわるぶかっこうな蟹を、
入念に料理し、伯母さんはすばらしい食事をつくった。
伯母さんはよく知っていたのだ。われらの日々の
ささやかな幸福は、死者の贈りものにほかならない、と。

その日のことを、ウィルヘルムははっきりとおぼえている。
それは、人生というものがはじめて、オリジナルなものとして
少年のこころにふいに姿をあらわした日だったから。
自分じゃない。人生とは、他人を発見することだった。

＊ゲーテ「ウィルヘルム・マイステル　修業時代／遍歴時代」

ソバケーヴィチの話

神様を信じようとしなかった。それでいて、鼻の頭がむずむずしだすときっと死ぬ、なんてことを信じていた。真実に欺《だま》されたくないので、いつも噂に耳をすまし、口をひらけば、辛辣に、おもいっきり罵言をとばした。

町の旦那どもをみな。鬼が鬼づれで、通りを歩いてるぜ。ミハイル・セミョーノヴィチ・ソバケーヴィチは言った。いかさま師のうえにいかさま師が乗って、いかさま師を追っかけてる。やつらの食いものをみな。蛙《かえる》だ、牡蠣《かき》だ、

細切肉《フリカセ》だ、丸薬だ、さんざん胃の腑《ふ》をこんがらかせて、
あげくは食餌療法、断食療法なんてことを言いだす。
その言い草ときたら、「ねえ、きみ、まあ、つまり、
そういったふうな、いいですかね、おわかりだろう、

かんがえてもみたまえ、ある程度、いくぶんはねえ」
どいつもこいつも、地球の無駄なお荷物になってる連中さ。
羊肉なら羊一頭。鵞鳥《がちょう》なら鵞鳥、まるごと一羽。
豚肉なら豚一頭。それから、ねぎをそえた焼き腸詰。

キャベツ汁。パイ。肉入り饅頭《まんじゅう》。詰めものした七面鳥。
食いものは、そのとおり食いものでなくちゃいけねえ。
ミハイル・セミョーノヴィチ・ソバケーヴィチは言った。

人間だっても、そのとおり人間でなくちゃいけねえ。

自然が仕上げをあんまりかんがえず、斧《おの》を一どあてただけで鼻ができ、もう一どあてたら唇ができ、大きなキリで目をほじくって、カンナもかけずに「生きろ!」と言ってそのまま娑婆《しゃば》におくりだしたような無骨な男だった。

魂《ドゥーシ》が農奴《ドゥーシ》と同じ言葉だった時代の、ロシアの男の話。生きても死んでも同じ呼び名でしかないものらが、誰か死ぬと、ミハイル・セミョーノヴィチ・ソバケーヴィチは言った。

「やい、てめえは正直、大粒の胡桃《くるみ》みてえに粒よりだったぜ」

＊ゴーゴリ「死せる魂」

まことに愛すべきわれらの人生

ピクウィック氏はまことに端倪《たんげい》すべからざる人物。禿《は》げ頭に丸眼鏡。
黒い帽子にピンクの縞《しま》チョッキ。外套《がいとう》に望遠鏡。ゲートルに靴。
書きしるすに足る見聞を記すべき雑記帳を、どんな場合にも携帯。
百科事典的な眼差《まなざ》しをそそいで、街路の向うがわにある真実を探索。

太りすぎには気をつけよ。ピクウィック氏は雑記帳に書き入れる。
四十五年ものあいだチラとも腹の下の自分の靴をみたことのない紳士、
首に吊るした一フィートあまりの自慢の金鎖時計も、ついにみるあたわず。
金鎖をひっぱって時刻を確かめるのは、もっぱら街の掏摸《すり》の上手のみ。

ネックレスには気をつけよ。貧しい娘がはじめて贈られたネックレス。二十五箇の木の玉のネックレスを、その弟がバラバラにして飲みこんだ。うつくしいものはおいしいはずだ。少年は信じ、病院に担ぎこまれた。歩きまわると胃の玉がすごい音をたて、患者たち眠られず、拘禁。

仔牛の肉のパイには気をつけよ。たくさん猫を飼っていた料理人。才覚才腕に長じ、愛らしいけものの肉で、評判のみごとなパイをつくる。料理は味つけがすべて、客は看板で食べる。他言は無用ですぞという。仔牛の肉のパイは、つくった人と材料は猫でないと知ってのち食すべし。

ソーセージには気をつけよ。裏街に住むソーセージつくりの職人。どんなものをもソーセージにする自動機械を発明し、幸福な日を送る。女房に怠け者よばわり、アメリカにゆけと罵られて失踪。三日後、客に突っかえされたソーセージ。ボタン入り。男はどこへもゆかなかったのだ。
ホットケーキには気をつけよ。何はさておきホットケーキに目のない老人。
生き甲斐《がい》は夕暮れのコーヒーハウス、一杯のコーヒーと四枚のホットケーキ。
ある日腹痛をおこし、病院に走り、悲しい宣告。ホットケーキ厳禁。
その夜、ホットケーキを山と買い、ぜんぶ食べ、頭を拳銃で吹きとばす。

食卓にのるはつねに人生。ピクウィック氏は雑記帳に書き入れる。
人間は生きている比喩である。ピクウィック氏が嫌ったのは、天下に
何ごとも心配なしという言葉。ピクウィック、プリンシプルと韻ふむ人。
あなたは誰かと問われると毅然《きぜん》とこたえた、人間性を観察する者です。

＊ディケンズ「ピクウィック・クラブ」

ああ、ポンス

耳はおおきすぎた、鼻は立派すぎた、それでいて
顔はよくよく踏みつぶされたかぼちゃみたいだった。
ポンスはフランス人がもっとも残酷とおもう一生を生きた。
すなわち、生涯、顔ゆえに女たちに好かれずに終わった。

光りのない目は、いつもなみはずれた憂鬱をたたえていた。
音楽家だった。かつては世にむかえられたこともある。
しかし、誰が信じるだろう、ひからびてやせこけた老人が
じつは高雅な魂と繊細な感情のもちぬしだなんて。

そのうえ、哀れなことに、ポンスは七つの大罪のうち神がもっとも寛大な罰をくだしたもうにちがいない罪のおぞましい奴隷だった——つまり、食いしんぼうだった。世にいれられれぬ天才の悲しみよりさらに痛烈なのは、他人にはけっして理解されない胃の腑の悲しみである。プラム・プディングのためのクリーム、それは詩だ。ホワイト・ソース、それは傑作だ。松露《しょうろ》をあしらった鳥肉料理、それは恋だ。それにライン産の鯉《こい》ときたら！

上等の葡萄酒は、何かになぞらえることもできない。みごとな料理のならぶ他人の食卓に招かれること。食客が、ポンスの稼業だった。そのためにならば、阿《あ》諛《ゆ》追《つい》従《しょう》、世辞虚飾、どんな言葉も支払ってまわった。

ああ、パリ。無垢《むく》の情熱をほろぼすことにかけて、
食卓が娼婦たちと張りあってきたうつくしい街。
招かれるべき食卓がもはやポンスにうしなわれた日、
芸術家としての堕落によって、食卓の永遠の招待客の

身分をあがなうことをねがった孤独な老人は、どっと
死の床に臥《ふ》した。みじめなポンス。なんという一生だろう。
パリが、芸術家の首都という伝説を信じてはいけない。
パリは、高雅な魂と繊細な感情の墓地なのだ。

＊バルザック「従兄ポンス」

水車場の少女の「いいえ」

青空の下のカシワの梢《こずえ》の若葉。足もとのツマトリソウ。
空いろしたイヌフグリ。カキドオシ。ニワトコの繁み。
おもいおもいに異なった生垣にかこまれた草深い畑。
地蜂の巣。トネリコの木。おおきな水車場。河の光り。

堅溝のついた赤い屋根。ケーキの焼きあがる匂い。
煮立っているジェリー。香ばしくただよう肉汁のかおり。
ジャムのはいったとてもかろやかなジャム・パフの味。
杏《あんず》ジャムのはいった巻きプディング。ティプシー・ケーキ。

隅にじぶんの名を刺繍《ししゅう》したテーブル・クロスをもつこと。
風が吹いたら羽根のようにとぶチーズ菓子のつくりかた、
黄花の九輪ザクラでつくるおいしい酒のつくりかた、
ハムの貯蔵法、グースベリの貯蔵法をおぼえること。

よその誰にもまけないポーク・パイをこしらえること。
木製や銅製の家具、道具を徹底してみがきあげること。
通用しなくなりそうな硬貨を貯えること。正直であること。
バターを上手につくり、下手《へた》につくれば恥とかんがえること。

クリスマスにはヒイラギの紅い実、キヅタの黒い実。
みんなの好きな讃美歌。常緑樹の枝。短い説教。
朝のあつい トーストとビール。西洋スモモの砂糖漬。

伯父の好きなハッカ入りドロップ。巴旦杏《はたんきよう》と胡桃のデザート。
聖書のどこかに押し花にしたきりのチューリップの花片。
敷物の模様。火格子。火箸。十能。好き嫌いの
わずらわしさを知らぬうちから親しみ慣れてきたもの。
とりたててすぐれたところもないありふれた景色。

愛する男が少女に言った。こんなちいさな偏狭で息ぐるしい
日々からでてゆこう。愛があればなにごとも可能だ、と。
これらの平凡なすべてを貶《おとし》めて忘れてしまえるほど
愛は幸福でしょうか。恋する少女はこたえた。いいえ。

＊ジョージ・エリオット「フロス河の水車場」

ハックルベリー・フィン風魔女パイ

それで、魔女パイをつくらなくちゃいけなくなったのさ。
森の奥ずっと深くに、わざわざ秘密の竈《かまど》をこさえてさ。
たかがパイ皮に、小麦粉を洗面器に三杯もつかってさ。
あげくは火傷《やけど》だらけ、目は煙でつぶれちまいそうだったぜ。

とにかく魔女のパイだからね。人間の食いものとはちがう。
なかに長い長いロープをたっぷりと仕込んだパイさ。
まずシーツを破く。細い紐にする。夜どおしで縫いあわす。
高い窓から地面まで、じゅうぶんに届くロープをつくる。

そうして朝まだき森にゆき、でかい鍋のうちがわに
練り粉をつけて、火に掛けて、できたてのロープを詰める。
練り粉の屋根をうえにかぶせて、しっかと厚く蓋をして、
熱い燃えさしをのっける。いやけむいのなんのって、

まったく涙がこぼれるほど上等なパイが焼けたぜ。
もちろん食えない。長いロープは固くてまずいし、
嚙《か》みきってみたって、つま楊子《ようじ》が一万本はいるだろうし、
さっそく腹痛をおこして寝込んじまうだろうしね。

おれたちの友達が農場の小屋に閉じこめられたんだ。
黒人で、農場を逃げだしたんだが、つかまっちまった。
逃亡奴隷と世間じゃいうが、やつはおれたちの友達だ。

やつが逃げねえよう、見張ってるのが魔女どもなんだ。

魔女といったって信じねえだろうが、ほんとうだぜ。
信じられねえのは、人間が人間を見張るってことのほうさ。
おれたちは魔女どもを裏切り、欺かなくちゃいけない。
友達が自由でいることのできねえ国は、自由じゃねえ。

それで、魔女パイをつくらなくちゃいけなくなったのさ。
ガラクタをゴミっていうが、友達の顔に泥を塗って
恥ずかしい目にあわせる人間のことも、ゴミっていうんだ。
きみに友達がいるなら、きみの自由は、友達の自由だ。

＊マーク・トウェイン「ハックルベリー・フィンの冒険」

働かざるもの食うべからず

ぐうたらで、不平家で、ろくでなしで、腹へらし。
木の頭、木の手足の操り人形だった、ピノッキオは。
顔のまんなかに、先もみえないほどの長い鼻。
耳はなかった。だから、忠告を聞くことができなかった。

悪戯《いたずら》好きで、札つきの横着者で、なまけもの。
この世のありとあらゆる仕事のうちで、ピノッキオに
ほんとうにすばらしいとおもえる仕事は、ただ一つだった。
朝から晩まで、食って飲んで、眠って遊んでという仕事。

勉強ぎらい、働くこと大きらい、できるのはただ大あくび。
貧しくてひもじくて、あくびすると胃がとびだしそうだ。
けれども誰にも同情も、物も乞うこともしなかった。
食べるために働くひつようのない国を、ひたぶるに夢みた。

この世は性にあわない。新しいパン一切れ、ミルク・コーヒー、
腸詰のおおきな切り身、それから砂糖漬けの果物。
巴旦杏の実のついた甘菓子、クリームをのせた蒸し菓子、
一千本のロゾリオやアルケルメスなどのおいしいリキュール。

それらを味わいたければ身を砕いて働けだなんて、
ぼくは働くために生まれてなんかきたんじゃないや。
腹へらしのなまけものの操り人形は、ぶつぶつ言った。

まったくなんて世の中だろう。稼ぎがすべてだなんて。

こころの優しい人があわれんで、パンと焼鳥をくれた。
ところが、そのパンは石灰で、焼鳥は厚紙だった。
服を売って、やっと金貨を手に入れて、土に埋めた。
水もどっさり掛けたが、金貨のなる木は生えなかった。

胃は、空家のまま五カ月も人が住んでいない家のよう。
それでもピノッキオは言いはった。骨折るのはまっぴらだ。
操り人形が倒れると、駈《か》けつけた医師はきっぱりと言った。
死んでなきゃ生きてる。不幸にも生きてなきゃ死んでいる。

＊コッローディ「ピノッキオ」

ぼくの祖母はいい人だった

サモワールがテーブルの上で、ヒューヒューと音を立てる。
祖母のお気に入りの場所は、いつもサモワールのそばだった。
朝の匂いは、生チーズ入りの裸麦粉の厚焼の匂い。
茴香《ういきょう》やスグリや熟れたリンゴのなんともいえない香り。

貧しかったが、祖母は気にしなかった。倦《う》まずに働いた。
ときどき太い指でタバコを嗅ぎ、うまそうにくしゃみして
大声で言った。「こんにちわ！　世々代々の世界さま！」
冬には熱いパンを、心臓に押しあててこころを暖めた。

知ってるかい？　火で牛乳をいぶしてよくよく発酵させたワレネーツの味を。蜂蜜で味をつけて芥子をきかせたレビョーシキの味を。祖母は言った、「どこでもねえだ。おらたちの善い国は、あったけえ台所にありますだよ」

どんなときも、祖母は神と一緒だった。祖母にとっての神はすべての生きたものにとっての愛すべき友だ。まんまる顔のカザンの聖母像に、いつも祈った。「神さま、おめえさまにはおらたちにくださる浄き《きよ》知恵が足りませなんだか？」

寒い往来に物乞いをみると、黙って台所に招きいれた。熱いお茶と一切れのパイのあとで、祖母は静かに言う。「達者にな。死神はちゃんとポケットに蔵《しま》っときなせえよ」

傷ついた椋鳥《むくどり》にさえ、木片で義足をつくってやる人だった。
読み書きはできなかったが、おとぎ話、つくり話、詩を
誰よりも知っていて、ゆっくり歌うように物語った。
「何がなくともさ」と、祖母は言った。「好い物語を
いっぱいもってるものが、この世で一番の果報者だよ」
祖母の時代は息苦しく、大人も子どもも倖《しあ》わせじゃなかった。
だが、無限につづく平日にあっては、悲しみも祭日である。
「何もかも過ぎるだ」祖母の言葉を、いまもおぼえている。
「けど、そうなくちゃならねえことは、そのまま残るだよ」

＊ゴーリキイ「幼年時代」

こうして百年の時代が去った

まず、スープだ。熱く、透明な、微《かす》かな黄金色の
ちいさなもつれあった、なよやかなヌードル入りのスープ。
卓上にならんだ小皿の一皿一皿には、とりどりの野菜。
すみれ色にほのかにひかっている蕪《かぶ》。沈んだ濃緑色の
まじめくさったホーレン草。愉《たの》しいあざやかなサラダ。
溶けたバターに浮かんだかわいい玩具のような、非の
うちどころない新じゃが。不愛想に白い西洋ワサビ。
ワサビは、風味が牛乳のなかで消えるようではいけない。

主餐《しゅさん》はかならずターフェル・シュピッツと決まっていた。
柔らかなベーコンでおおきな肉の塊をしっかりと巻くのだ。
なにより日曜日の午餐《ごさん》に欠かせなかったのは、市の広場で
軍楽隊が吹奏する祖国の英雄にささげられたマーチだ。

かがやく帝国の栄光を、かがやくトランペットが讃《たた》えた。
ティンパニーが讃え、シンバルが讃え、太鼓が讃えた。
窓は開け放たれ、バルコニーでは、日の光りが踊っていた。
そこまでが、永遠につづくようにおもえた夏の思い出だ。

それから、突然、血の秋が……戦争が、やってきた。
人びとは急いで、窓を閉めた。誰もいない市の広場で
真実の裏切り者たちと、裏切り者とおもわれた者たちとが

樹木に吊るされた。終日、雨に打たれて揺れていた。

戦争が終わったとき、郷愁の帝国はもはやなかった。
日曜日は戻ってきたが、祖国の栄光のマーチを聴きながら
硝煙のなかへ消えた者たちは、二どと戻らなかった。
食卓には空席があり、それは死者のための席だった。

青と金の線の入った皿。重たい銀のスープ用スプーン。
魚のスープ鉢。みねにギザギザのついている果物ナイフ。
ちっちゃなコーヒー茶碗《ぢやわん》。うすい銀貨のように華奢《きやしや》な匙《さじ》。
こうして一つの世紀が去った、食卓に食器だけのこして。

＊ロート「ラデツキー行進曲」

アレクシス・ゾルバのスープ

旅の人ですかい、
どこへおいでかね、途中まで
わしを連れてってくれますかい。
わしはうまいスープをつくれますぜ。

すたすた歩いてきて
いきなり話しかけてきた、
古い馴染《なじみ》みたいに見知らぬ男が
あんただったアレクシス・ゾルバ。

食いかたが肝心なんでさあ。
おまえさんが食った食いものをどうするか、
言ってみなせえ。
食いかたでおまえさんの生きかたがわかる。

ある奴ア食いものを贅肉にする。
ある奴ア食いものを魂に変えちまう。
まったく高くつく食いかたをする奴がいる。
食いものは上機嫌に変えなくっちゃいけねえ。

身体がポキポキ鳴る仕事でさあ、
わしの一日にひつようなのは。
あばずれに惚《ほ》れたみてえに働いて

夜はマリア様のベッドで、ラム酒を一壜。
あらゆるところが家郷でさあ。
ギリシア人だブルガリア人だトルコ人だ、
そんな分別なんざ人間たあ関係ねえ。
そいつがいい奴か悪い奴か、それだけでさあ。

てんで素敵な女たらし。
左手の人指し指を失《な》くした渡り者。
羊でも鳥でもなくて老いざかりの大男。
あんたが好きだアレクシス・ゾルバ。

本は閉じて読みなせえ。

言葉を心臓の外に落っことしますぜ。
粉屋のおかみさんの屈《かが》んだ背中、
そいつが、わしア面倒な言葉はさっぱりだが、

人間の理性ってやつじゃねえですかい。
目ン玉むいて目のまえを見てみなせえ。
この木や海、石ころ、草や匂い
これらの不思議なもんは一体何と呼びゃいいんですかい。

おまえさんは賢いし、何不足もねえようだ。
だけど、そのぶんきっと愚かさが足りねえ。
わしア一番賢い人間じゃねえが、
かといって一番馬鹿な人間なわけじゃねえ。

わしはゾルバで、ゾルバのように話す。
ただそれだけでさあ。
国も金も、たいていのものはなくて済ました。
そいつは結局そう悪いことじゃねえですよ。

約束のうまいスープをつくってくれた。
去勢した雄鶏《おんどり》のものをコトコトと煮込んだスープ。
人生の味は一物をつかわなきゃ知れねえさ。
あんたは言ったアレクシス・ゾルバ。

あばよ、友人、忘れねえでくれますかい。
わし、ゾルバ、そして果てもねえ仕事。

あばずれに惚れたみてえに働いて
夜はマリア様のベッドで、ラム酒を一壜。
*カザンザキス「その男ゾルバ」

注　この詩集は、古今を問わず、料理をめぐるさまざまな本に、深く示唆をうけている。啓発された先賢の書はそれこそ数知れず、到底ここにあげうべくもないが、そもそも言葉と手をむすぶものとしての日々の料理への関心をひらかれたのは、中尾佐助『料理の起源』によってだった。料理のおくは、自身の見聞にもとづく。そのうえでできるかぎりひろくレシピにあたり、まなんで、あらためて実際に確かめた。不可能なものをのぞいては、誰にでも普通につくれるものだ。

「戦争がくれなかったもの」は太田慶一『太田伍長の陣中日記』、「メイプルシロップのつくりかた」は『スコッチ気質』（土屋哲訳）、「十八世紀の哲学者が言った」は『ダランベールの夢』（新村猛訳）による。「キャラメルクリームのつくりかた」は佐藤雅子『私の保存食ノート』、「ピーナッツスープのつくりかた」は陳舜臣・錦墩『美味方丈記』、「絶望のスパゲッティ」は西川治『マリオのイタリア料理』を参照した。「A POOR AUTHOR'S PUDDING」の『エリザ・アクトン夫人の料理の本』は、ペネロープ・ファーマーの序で覆刻されている。

「食事の場面」はそれぞれ、『ドン・キホーテ』（会田由訳）、『ロビンソン・クルーソーの生涯と冒険』（平井正穂訳）、『三銃士』（鈴木力衛訳）、『孤独な散歩者の夢想』『晩年のルソー』（今野一雄訳）、『ウィルヘルム・マイステル　修業時代／遍歴時代』（関泰祐訳）、『死せる魂』（横田瑞穂訳）、『ピクウィック・クラブ』（北川悌二訳）、『従兄ポンス』（水野亮訳）、『フロス河の水車場』（工藤好美・淀川郁子訳）、『ハックルベリー・フィンの冒険』（加島祥造訳）、『ピノッキオ』（柏熊達生訳）、『幼年時代』（湯浅芳子訳）、『ラデツキー行進曲』（柏原兵三訳）、『その男ゾルバ』（秋山健訳）によっている。

後記

食卓は、ひとが一期一会を共にする場。そういうおもいが、いつもずっと胸にある。食卓につくことは、じぶんの人生の席につくこと。ひとがじぶんの日々にもつ人生のテーブルが、食卓だ。かんがえてみれば、人生はつまるところ、誰と食卓を共にするかということではないだろうか。

料理に大切なのは、いま、ここという時間だ。新鮮な現在をよく活かして食卓にのせる。それが料理というわざだ。料理はひとの暮らしとおなじだけの古い物語をもつが、料理に息づいている歴史とは、すなわち日々に新鮮な現在だ。食卓を共にするというのは、そうした新鮮な現在を、日々に共にすることだとおもう。

こころの贅肉をそぎおとすべしだ。詩という言葉の料理をとおして、歯ごたえのある日々の悦びを食卓に送れたら、とねがう。言葉と料理は、いつでも一緒だった。料理は人間の言葉、そして言葉は人間の食べものなのだ。

これらの詩を書く機会をつくってくださったおおくの方々に、とりわけ「婦人之友」編集部に深く感謝する。直接間接にはげましていただいた安西均、石垣りん、鶴見俊輔、村本晶子の各氏に、手がけていただいた原浩子氏に感謝する。

（一九八七年八月）

解説

江國香織

ひっそりと静かな詩集であると同時ににぎやかな本だ。たとえば色――。トマトの赤、いちごジャムの赤、赤唐辛子の赤、西瓜《すいか》の赤、紅茶の赤、梅干しをつくるときの「澄んだ梅酢」の赤。冷ヤッコの白、白魚の白、卵の白、ごはんの白、餅の白、大根の白。イワシの銀、ピーマンの緑、目玉焼きの黄色、ハッシュド・ブラウン・ポテトの焦げバター色。

たとえば音――。包丁で切る音、鍋で煮る音、フライパンで焼く音、ときどき音楽。油で揚げる音、グラスに注ぐ音、窯《かま》の戸が閉まる音、ボウルに割り入れた卵をまぜる音、ふいに銃声。テーブルの上に胡椒《こしょう》入《い》れを置く音、洗いものの音、ページをめくる音、サンタクロースのため息。

たとえば匂い――。炒《い》りゴマの匂い、大蒜《にんにく》の匂い、シナモンドーナッツの匂い、スコーンの焼きあがる匂い。トルコ・コーヒーの匂い、はちみつの匂い、ピーナッツを甘く煮込む匂い。「孤独な生きもののように／冷たくて暗いところが」好きなぬかみその匂い、「さまざまな味がぶつかって混ざって一緒になって／鍋と火が共和国《ラ・マルセイエーズ》の歌をうたいだすまで」煮込んだブイヤベースの匂い、朝の台所の匂い、夕暮れの街角の匂い、森の匂い、硝煙の匂い。

どの頁《ページ》にも詰まっている、生命にみちたにぎやかさ。そして思う、なんて豊かな言葉、言葉、言葉だろう。

いいレストランのメニューにも似て、いつまでも読んでいたくなる。レストランのメニューを読むことは、喜びであり、哀しみである。かつて生きていたものたちの命の羅列、一度食事をするたびに一つ死に近づく私たち自身の生――。たべ応えのある詩集だ。私たちはこの本を、目と頭を使ってたべるとも言えるし、食欲と胃を使って読むとも言える。どちらの場合も五感全部がフル稼動する。

ここにでてくる天丼ほどおいしそうな天丼を私は見たことがないし、ジョニー・アップルシードのアップルバターには想像を掻立《かきた》てられた。「徒手空拳の物書きのプディング」はぜひつくってみねばなるまいと思ったし、たとえ絶望のさなかにあっても（というより、絶望のさなかならなおさら）、ピーマンのスパゲティは身体が必要とするに違いない、とほとんど確信した。そして、こんなふうにキャラメルクリームをつくるという発想に至っては、完璧すぎて試すのがこわい。仮にものすごく上手くできたとしても、この詩を読んだときの驚きと幸福感、詩のなかに流れる時間の全き完璧さにはかなわないと思うからで、でも誘惑に抗えず、いつか試してしまうと思う（個人的には、ぜひ雨の日にやってみたい）。

すべての食材に来歴があり、すべての料理は物語を持っている。さらに、物語は料理人にもたべる人間にもあるのだ。それらをひもとく詩人の言葉は平易で怜悧《れいり》、豊かでウィットに富んでいる。

この詩人が用意する食卓は、いつのまにかメキシコになり、ギリシャになり、アイルランドになる。森になり街角になり戦場になる。アメリカの朝になり、フランスの夜になる。「おもいきって寒い」冬、「空気がするどく澄ん」だ日本の田舎で母親は、「鉄は熱いうち、餅は搗《つ》きたて。」と教えるのだし、腕の太いイタリアの女は、「パンのみにあらずだなんて／うそよ。／パンをおいしく食べることが文化だわ。／まずパンね、それからわたしはかんがえる。」と教える。

詩人の言葉は融通無碍《ゆうずうむげ》に時空を超えて、私たちをほうぼうへ連れて行くのだが、でも、つねにひとところにあるとも言える、つまり人々の日々の営みのなかに。

贅沢《ぜいたく》な本だ。頁の隙間からエドワード・リアが顔をだし、ミケランジェロがささやく。ハックルベリー・フィンが語り、セルバンテスが微笑《ほほえ》み、ハンク・ウィリアムズが歌う。たべ応えがあるのにこの詩集が胃にもたれないのは、埋め込まれた思索によってひき起こされる、精神的な運動量が大きいせいかもしれない。読みながら私たちは、「やわらかな歯ブラシで、／辛抱づよく、視野の／葉肉を削《そ》ぎおとす」ことについて考え、「何かとしかいえないもの」がどこにあるのか考え、「とても単純なことが、単純にはできない。」

のはなぜなのかを考える。「無垢《むく》の情熱をほろぼすことにかけて、／食卓が娼婦《しょうふ》たちと張りあってきたうつくしい街。」をさまよい、十八世紀の哲学者と出会ったり、「恋人を、戦争に殺された」娘と出会ったりする。「いいえ」とこたえられる「水車場の少女」を目撃して、その賢さに目を瞠《みは》る。

そんなふうにして一つずつの詩を読み、読み返し、読み終えて、最後に私は自問せざるを得なかった。私の心臓は、おいしいシャシリックになるくらい新鮮だろうか、と。

（えくに・かおり／作家）

長田弘＊詩集目録

『われら新鮮な旅人』（一九六五年・思潮社／二〇一一年・definitive edition・みすず書房）
『長田弘詩集』（一九六八年・「われら新鮮な旅人」所収・現代詩文庫・思潮社）
『メランコリックな怪物』（一九七三年・思潮社／一九七九年・晶文社）
『言葉殺人事件』（一九七七年・晶文社）
『続長田弘詩集』（一九九七年・「メランコリックな怪物」「言葉殺人事件」所収・現代詩文庫・思潮社）
『深呼吸の必要』（一九八四年・晶文社／二〇一八年・ハルキ文庫）
『食卓一期一会』（一九八七年・晶文社／二〇一七年・ハルキ文庫）
『物語』（長詩のみ・現代詩人コレクション・一九九〇年・沖積舎）
『心の中にもっている問題』（一九九〇年・晶文社）
『世界は一冊の本』（一九九四年・晶文社／二〇一〇年・definitive edition・みすず書房）
『黙されたことば』（一九九七年・みすず書房）
『記憶のつくり方』（一九九八年・晶文社／二〇一二年・朝日文庫）
『一日の終わりの詩集』（二〇〇〇年・みすず書房／二〇二一年・ハルキ文庫）
『長田弘詩集』（二〇〇三年・自選詩集・ハルキ文庫）
『死者の贈り物』（二〇〇三年・みすず書房／二〇二二年・ハルキ文庫）

『人生の特別な一瞬』（二〇〇五年・晶文社）
『人はかつて樹だった』（二〇〇六年・みすず書房）
『空と樹と』（二〇〇七年・詩画集・画／日高理恵子・エクリ）
『幸いなるかな本を読む人』（二〇〇八年・毎日新聞社）
『世界はうつくしいと』（二〇〇九年・みすず書房）
『長田弘詩集　はじめに…』（二〇一〇年・岩崎書店）
『詩ふたつ』（二〇一〇年・詩画集・画／クリムト・クレヨンハウス）
『詩の樹の下で』（二〇一一年・みすず書房）
『奇跡―ミラクル―』（二〇一三年・みすず書房）
『長田弘全詩集』（二〇一五年・みすず書房　一八冊の詩集、四七一篇の詩を収録）
『最後の詩集』（二〇一五年・みすず書房）
『誰も気づかなかった』（二〇二〇年・みすず書房）

本書は一九八七年九月に晶文社より単行本として刊行されました。
ルビは文庫化にあたり、編集部で付けたものです。
旧漢字は『長田弘全詩集』(みすず書房)を参照して、新漢字に変えました。

Haruki Bunko
ハルキ文庫

お 9-2

食《しょく》卓《たく》一《いち》期《ご》一《いち》会《え》

著者 長田《おさだ》 弘《ひろし》

2017年11月18日第一刷発行
2025年 1 月28日第四刷発行

発行者 角川春樹

発行所 株式会社角川春樹事務所
〒102-0074 東京都千代田区九段南2-1-30 イタリア文化会館

電話 03(3263)5247(編集)
03(3263)5881(営業)

印刷・製本 中央精版印刷株式会社

フォーマット・デザイン 芦澤泰偉
表紙イラストレーション 門坂 流

ISBN978-4-7584-4129-2 C0192 ©2017 Hiroshi Osada Printed in Japan
http://www.kadokawaharuki.co.jp/[営業]
fanmail@kadokawaharuki.co.jp[編集] ご意見・ご感想をお寄せください。

長田 弘詩集

〈今日、あなたは空を見上げましたか。空は遠かったですか、近かったですか。（中略）時代は言葉をないがしろにしている——あなたは言葉を信じていますか〉（「最初の質問」より）——世界ときみとわたしと言葉の本質を、生と死を、深く鮮やかに斬り結ぶ、著者自選の珠玉の79篇を収録した、幸福で危険な文庫オリジナル版。あべ弘士によるイラストを46点収録。（エッセイ・角田光代　解説・池井昌樹）

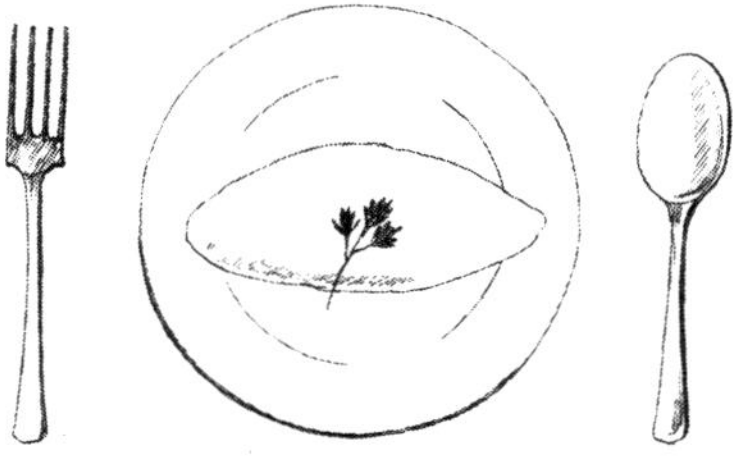